詩集

パスタを巻く

トーマ・ヒロコ

ボーダーインク

目次

I

II

III

写真 タイラジュン
装幀 宜寿次美智

I

パスタを巻く

パスタを巻きつける
くるくるくるとフォークに
いつものカフェのカウンター
パスタは止まらない
わたしの願望のように

すてきな恋愛
あたたかな家族
認めてもらえる仕事
素朴で鋭い詩
響き合うわたしたちの歌声

ようやく止まったパスタ

フォークに巻きついたそれを
一口でほおばるのは難しい

同じ値段でタウリンが三倍違うんです
夕方のドラッグストアのレジ
それは身体に優しいのかどうか疑問に思いながらも
言われるままに
タウリン三倍増しのドリンクを買う

なにひとつあきらめたくなくて
だけど身体はひとつで一日は二四時間
行く・逃げる・去ると呼ばれる暦を走って

ほおばりきれないパスタをほおばるには
タウリン三倍増しのドリンクを飲んで

ほら、もう午前三時になろうとしている

白いマグカップ

いつもおだんごにしている髪を下ろしてみたのは
あなたのためじゃない
休日にしか着ない小花柄の服を着てみたのも
あなたのためじゃない

だけど始業ベルが鳴っても
空のままのあなたの席
ホワイトボードを見れば
あなたの名前の横に「一日休み」の文字
小さくため息をつき
お茶でも飲むかとポットの前へ
戸棚の中の白いマグカップと目が合う
ぽつんと残されたあなたのマグカップ

今誰よりも親しく思える
マグカップと私が待っている
あなたが来るのを待っている

月曜の地下鉄を

地下鉄を降り改札を抜けて
出口への階段を上る人の群れ

目の前にはまわりなんかお構いなしで
ゆっくりゆっくり階段を上る長い黒髪
きっと会社に着きたくない
できればお家に帰りたい
だけど一歩一歩近づく地上

長い黒髪を追い越す私を
さらに追い越す黒いストッキングの脚
派手な伝線にこちらが困惑
スカートの緑の鮮やかさもどこか挑戦的で

地上には背の高いビルと街路樹たち
私はかりゆしを着て表参道を闊歩する
青い空と、意外にも緑

ねぇ、たたかうの？
伝線したストッキングのままで
疲労や眠気にムチ打って
世の中を、新しい一週間を

香るよ

やっと残業が終われば
ホッとため息ひとつ

外は真っ暗
虫の声がにぎやかで

強い風が吹けば
長い髪がなびく

香るよ、香る
香りに包まれて

なぜひとりなんだろう
ここにきみがいたらよかったのに
きみに魔法がかけられたのに

一日の終わりに

蛍の光が流れるドラッグストア
駆け込んで一目散に向かう奥の棚
コンタクト洗浄液の緑の箱をつかんでUターン
お金を払って店を出て
車のドアを閉めてホッとため息ひとつ

あなたのオフィスには
まだ明かりが灯っているのだろう
あなたはまだ
パソコンに向かっているのだろう

点滅する黄色い信号
眠りにつこうとする住宅街を走り抜ける

帰ったらまず新聞を読もう
あと三〇分で〃昨日の朝刊〃になってしまうとしても

運命のいたずら

そうよ、運命のいたずら

違和感には必ず理由がある
気のせいなんて存在しない

動揺させないで
どれだけ打たれ強くなればいいの？

本当は全部投げ捨てて
逃げてしまいたいのをこらえているの

向き合うことを怠れば
いつかしっぺ返しがやって来る

今は涙で前が見えなくても
口角を上げてみて
灯を消さないで
新たな地平が見えてくるまで

応援歌

くじけそうになったら思い出せ
初心抱いた日のことを
一度はあきらめた夢
「いやいや、まさかできるわけない」と
笑いながらも確かに再び灯った火
翌朝目覚めてもなお
あの人の言葉が忘れられなかっただろう？

逃げたくなったら思い出せ
夢を叶えた友からの励ましを
「おまえならできるさ」と
背中を押してくれる
「あんなにがんばったことはない」と

きっぱり言える清々しさ
まぶしいぐらいの自信と力強さ
おまえも友のようになりたいだろう?

泣きたくなったら泣けばいい
一人になって思いきり泣けばいい
自分をかわいそうだなんて思うな
夢があるだけでありがたい
励ましてくれる友がいるだけでありがたい
おまえの希望を認めてくれる
家族に頭が上がらないだろう?
だから涙をふいて顔を洗え
夜風が乾かしてくれるはずさ
思いきり笑いたいだろう?
家族や友と笑い合いたいだろう?
だから出し切ろう
今日の全力を

ラジオが届けてくれる

自分の道を踏み出した時
大きくうなずいてくれた

ここ一番の勝負の時
背中を押してくれた

心が折れそうになった時
ぐぐっと支えてくれた

希望を見失った時
優しく語りかけてくれた

心に響く歌が届くたびに強くなれる

いつも側にラジオがあるから
また前を向くことができる

シーサー先生

もじゃもじゃおひげ　日焼けして
めがねのおくで　笑ってる
半そでかりゆし　真冬でも
まねしたぼくは　くしゃみした
わらおう　シーサー先生とわらおうよ

せんせいオルガン　弾けないよ
だけど大きく　うたおうよ
声をあわせて　こころもね
気持ちをこめて　つたえよう
うたおう　シーサー先生とうたおうよ

せんせいディスコで　おどったよ

ボックスステップ　ふんでみて
だれかがサンシン　弾いたなら
カチャーシー　ハイヤ　チムドンドン
おどろう　シーサー先生とおどろうよ

やすみじかんはキックベース
たかく飛んでけ　白いボール
たかく飛んでけ　ぼくの夢

わらおう　シーサー先生とわらおうよ
うたおう　シーサー先生とうたおうよ
おどろう　シーサー先生とおどろうよ

あなたが繋ぐ

気がつけば
ゆっくりと私は
みんなの後ろを歩いていた

振り返り
手を差しのべてくれたのはあなた
あなたのくれた言葉が
背中を押してくれる
立ち止まった時
再び歩き出すために

あなたの新しい出発を祝おう
自分のことのように

あなたが繋ぐ
あなたを優しく見つめる瞳
あなたが繋ぐ
新しい家族たち
あなたが繋ぐ
あなたが大切に信じるものを

立ち止まる

喜べないことがある
前向きスイッチに
切り替えられないことがある
同じ皺でも
眉間の皺より
目尻の笑い皺の方が美しいのに

「困った困った」と
つぶやくことがある
隣の人にグチをこぼしても
心が晴れないことがある
手を合わせ頭を垂れる前に
何度ため息をついただろう

「すみません」と
思わず言ってしまうことがある
隣の人の親切に
申し訳ない気持ちよりも
感謝する気持ち
「ありがとう」と言った方が
お互い笑顔になれるのに

こんなわたしをお許し下さい
こんなわたしと共にいて下さい

日常に流されるままではなく
心静かに立ち止まる

だれにでもある救い

みんなと同じ歌を聴き
みんなと同じドラマを観る
好きでそうしているわけじゃない
みんなといても心の底から笑えない
ひとりになりたくないからみんなといる
必死でみんなといる

街の華やかなイルミネーション
きれいだけどなんか悲しい
わたしには関係ないよ
そんなキラキラした世界は

だけどいつもと違う道を通って

帰る途中に見かけたイルミネーション
なぜだか気になった
小さな教会に輝く光

出世コースからはずれ
出世した同期からは嫌味ばかり
妻や子どもがいるわけでもない
彼女の1人や2人ですら居やしない
楽しみといえば
行きつけのスナックで呑むことぐらい

クリスマス？
スナックでいつもやってるよ
まぁ俺は興味ないけどさ
めずらしくスナックに寄らずに
家に帰る途中

イルミネーションを見かけた
レストランかと思ったら教会だってさ
教会でもクリスマスってやるのかい

歌声が聴こえた
とっても上手というわけではないけれど
なぜか心に染みとおる歌声が

こんなわたしでさえも
愛して下さる神様？
ひとり子をこの世に送られた神様？
罪が許されるって？
救われるってどういうこと？

こんなどうしようもない俺だけど
罪と言うほど凶悪なことをしたつもりはない
だけど人は生まれながらに

罪を持っているというのだ
生まれたばかりの赤ん坊でさえ
人間を罪から救うため
ひとり子がこの世に与えられたことを
祝う日だというのだ

わたしはひとりになりたくないと思っていた

どうせ俺はひとりだと思っていた

神は心のドアの外にずっと立っているのだという
開けてくれとノックしているらしい
ドアを開けるかどうかはこちら次第

わたしはずっとひとりじゃなかったのだ

俺がひとりだと思っている間も

ずっとそこにいたのだ

子どもでもお年寄りでも
お金持ちでも貧しくても
だれにでも与えられる救い

小さくも温かな光が
この夜を、この心を照らしている

II

季節は変わる

泣き虫だったあの子が高校卒業
二十歳になったばかりのあの子は上京
大学卒業したあの子は地元にただいま
なぜか放っておけないあの子は
ひとり暮らしをするという

季節は変わる
泣いてばかりいた一年前とは違う風が吹いて
曇り空でもイペーの黄色は鮮やかで

さよなら青春
さよなら青春
昔着ていた今は着ない服

昔好きだった今は見ないバンドの切り抜き
今必要なものだけを残して

新譜が発売されると
新聞一五段広告が出たあの時代

かつて大切だった数字の書かれた紙を
破って、破って、手が痛くなるまで
来ないであろう「いつか」を袋に投げ込み
捨てるわけにいかない
「いつか」を「今すぐ」に
過去がつまっていた引き出しを現在で満たす

身軽になって
次の季節にいつでも飛んでいけるように
青空にイペーの黄色が映えている

ツーウイーク

指先には役目を終えたコンタクト
アルミのようなパッケージのふたをめくり
真新しいコンタクトを取りだした時のことを思い出す

信じたくない現実と向き合おうとしていた
さよならを言うために身支度をしていた

黒い服を着て行列に並ぶ
久々に見る顔がちらほら
ふとしたことで涙があふれる
唇をかんでも流れる、流れる

なぜあの時あなたに会いに行かなかったのか

なぜあの時わたしは
なぜあの時……

日々は流れて行っても
ふとしたことで景色が揺れる

明日困ってもいいからと
今日は仕事を早く切り上げて
甘いケーキと熱い紅茶と
家でもない会社でもない場所でひとりになる

あなたに会わせたかったわたしの家族
わたしもまだ見ぬわたしの家族
あなたのことを教えよう
あなたから教わったことを伝えよう

わたしの目からぐにゃりとはずされ
役目を終えてツーウィーク
悲しみの中にいたわたしとともに過ごして

いくつもの後悔はやがて
いくつもの感謝に変わるだろう

わたしは少しずつ前を向いていく
もっと自分を大事にしようと思いながら

高架橋

運動靴でアスファルトを蹴る
何も持たずに
沈みゆく太陽を背に
冷えた風が心地良い

赤く照らし出された噴水
エイサーのフェーシ
自分の足音が刻むリズム
抱えきれないと思っていた霧が
だんだん小さくなっていく

走る人
歩く人

犬を連れた人
それぞれの物語があって
私もその中のただ一人

高架橋の下
いくつものネオンが通り過ぎていく
ため息の日々
涙の記憶
大好きだった人たち
みんな正しく遠ざかっていく
やっと健全な歌が歌えそうよ

人ごみの中を

さよならしよう
ひとりで人ごみを歩くことから
音と情熱がうず巻く中で佇むことから

さよならしよう
人ごみを一緒に歩く誰かを探すことから
シャウトとライトが交差する中で腕組みすることから

Tシャツの日もニットの日も
ジンジャーエール片手に
オールスタンディング
何故かいつも目の前には大柄な人

何度も抜け出せずに
誰よりも人ごみの中をたくましく
もう十分でしょう

ひとりで人ごみを歩かない
あなたと一緒に歩いていこう
歩幅の違いも、じきに慣れていくだろう

やんわり断る

「行けたら行く」

そう言って来たためしはないだろう
「こっちからまた連絡する」

そう言って連絡が来たことなんてある？

「模合があるから行けない」

模合なんてやってたっけ？

「今度飲みに行こう」は男の挨拶？

「今度ランチ行こう」は女の挨拶？

決して責めはしない
そうでも言わないと収まりがつかないでしょ？
わかっちゃいるけど
そう考えたら寂しいことだな、つらいなぁ

誰に対しても疑いのまなざし
だんだん臆病になっていく心

一緒に出かけるのはいつもの顔ぶれ
気心知れた仲間と言えば聞こえはいい
居心地はいいいし傷つかない
そこに刺激はあるのか？
それで成長できるのか？
人生の終わりに誰かそばに居てほしけりゃ
いつまでも浸かってちゃいけない
さぁ早く出ろ、ぬるま湯から

時にはあえて空気を読まなければいい
ダメもとでぶちこわせ
お互いを隔てるやんわりとした言葉を

できないふり美人

隣の奥さんは機械が苦手
プリンターの使い方がわからない
タイマー録画もできない
だから全部ご主人任せ
ある日隣の娘は見てしまった
奥さん、本当はプリンターを使いこなせるの
タイマー録画だってできるの
だけどできないふりをしてご主人に頼る
ご主人がいないと何もできない奥さんになりきるの

わたしは奥さんを尊敬する
今日もわたしは居酒屋でイライラ
自分の仕事がどんなに大変か

愚痴半分自慢半分の同級生男子
「あたしの方がバリバリ働いているわ」
そんな言葉を胸にしまって
「へぇ、本当に大変ね」
「さすがね」
棒読みにならないように努めて、努めて
しかしどうしたって煮えくりかえるハラワタ
上機嫌の男子の隣でビールを飲み干して
あぁ、そろそろ帰りたいと考える

似合わない服を着る

一見エレガントなワンピースに袖を通す
決して太くない二の腕はパツパツ
ウエストまわりは結構だぶだぶ
まるちゃんにはきちんとくびれがあるのに
何だかもったいない

でもせっかく手に入れた素敵ワンピース
そのうち似合うようになるだろう
ほら、前よりも馴染んでいるような気がする

憧れの彼の前をわざと通ってみる
彼はきっとこんな服が好きなはず
ほら、きっと微笑んでくれるはず

しかし彼は首をかしげる
何でこんな服を着ているのだろう
まるちゃんに似合うのは
もっとキリッとしたパンツスタイルなのに
まるちゃんは知らない
なぜ彼が首をかしげたのかを

まるちゃんは鏡の前に立つ
認めざるを得ないのだ
ワンピースが似合っていないことを
ウエストまわりのゆとりの分
いつしかくびれはなくなっていた
このままではどんどん失われてしまう
まるちゃんの魅力が、持ち味が

まるちゃんは雨上がりの街を歩きだす
自分に似合う服を探すために

お隣さん

ある日お隣さんのドアのまわりに
パンパンに膨れたたくさんのゴミ袋
もしかしてお引っ越し？

ある休日お隣の旦那さんが
エアコンの室外機のカバーを解体中
「こんにちは」と挨拶してから
「引っ越しですか？」と聞こうとしたけれど
急いでいたのでやめた
引っ越しならじきに挨拶に来るだろう

それから何日か経った朝
外には大きなトラック

夕方に見れば
カーテンはなくガランとしたお隣
今日うちのチャイムは鳴らなかった

何日経ってもうちのチャイムは鳴らない
おかしいなおかしいな
確かに引っ越して行ったとしか思えないのに
なぜチャイムは鳴らない？

それから何週間か経ったある日
とうとううちのチャイムが鳴った
待ってましたよ、お隣さん
しかし外にいるのは初めて見る顔
「隣に引っ越してきました」
新しいお隣さんが紙袋を差し出した

熱いさんぴん茶

家族みんなで外食して帰宅すれば
急須と湯飲みを用意するのは暗黙の了解
さんぴん茶の茶葉とお湯を注いで
ホッと一息つくのだ
外食ならではの濃い味付けを中和してくれる

マダムたちとの少し背伸びした食事会の後も
君ともっと話したかった夜も
家族が寝静まったリビングの片隅で
熱いさんぴん茶を淹れる

旅先でさんぴん茶がない時は
ホテルにある緑茶の

ティーバッグの封を切る
今日一日で普段の一週間分歩いている
わたしも歩かないウチナーンチュの一人だ

あっという間に旅は終わり
空港を出れば湿気たっぷりの風に吹かれる
スーツケースを引いて
気付けば家のリビングに
電気ポットのコンセントを入れて
お湯が沸くのを待つ
旅の興奮冷めやらぬようで
旅が夢だったようにも思えてくる
ポットからメヌエットが聴こえたら
熱いさんぴん茶を淹れよう

光ある日々へ

Ⅰ

うまくいかない仕事
実らない恋
遠のいていく結婚
希望なんてどこにあるだろう

タイムラインに流れてくる
人生のステップを
着実に進んでいる友達の姿
ザワつく気持ちを押しやって
少しも動揺していないようなふりをして
「いいね」「いいね」とタップする

心を騒がせるものが
溢れている世の中

祈ってみてもわからない時がある
時が今じゃないとわかっていても
なかなか心が晴れない時がある

わたしは弱く小さい人間
今この瞬間
苦しくてどうしようもないのだ

II

ある人のことを思い出す
遥か昔
彼はたくさんの手紙を書いた
あらゆる国々の
悩める民を励ます手紙を

立派な家の書斎で書いたのではない
薄暗い牢屋の中で
普通なら打ちひしがれ
希望もなく
心くじけるような日々
しかし彼には強い確信があった
彼を強めて下さる大きな存在があった

彼が書いたたくさんの手紙は
今も世界中の人々を励ましている
遠い昔に書かれた言葉は
色あせることなく輝きを放つ

Ⅲ

２月の末
夕方６時半
外に出るとまだ明るいことに驚く

こんなに寒くて辛いのに
春が近付いていることを知る
強い風に髪は乱れるけれど
心は明るく軽くなっていく

時は3月
たまごやうさぎ
パステルカラーが彩る
コンビニを、デパートを、遊園地を
春の訪れを祝うデコレーションだという
そんなカラフルな街を通り抜けて

わたしたちが祝うのは
春の訪れではなく
悲しみが喜びに変わった
大きな奇跡
心の重荷を下ろそう

いつか離れたり
消えたりしない
大いなる方に
すべてを委ねよう
自分の弱さ
自分の小ささを

わたしを強めてくださる
わたしの代わりに闘ってくださる
わたしを背負ってくださる
いつもわたしとともにいてくださる方と
光ある日々へと歩いていく

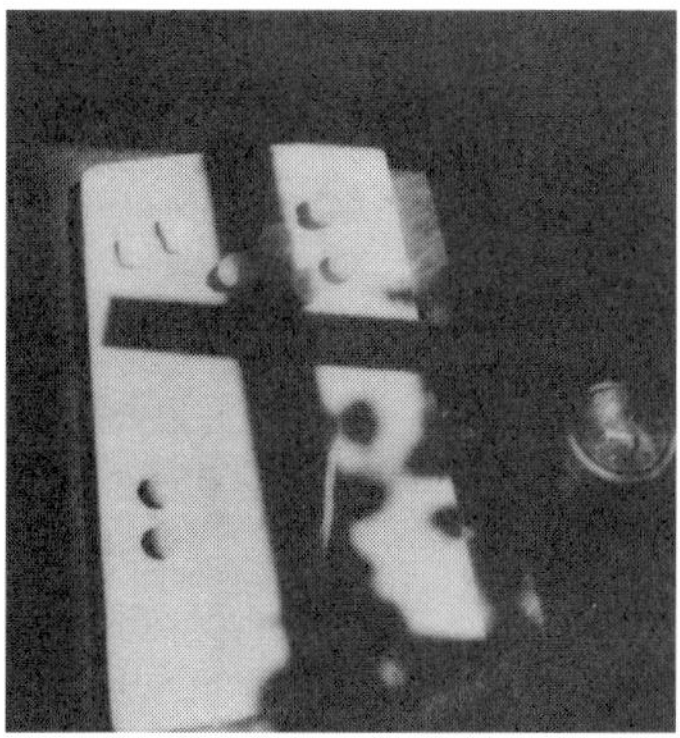

III

わたしたちの10年

黒こげの壁に見送られ
わたしたちは社会に出た
ひとつのプロペラが飛ぶ島を離れ
プロペラが飛ばない空の下へ
やがて黒こげの壁は取り壊された
あれから3年経とうとする頃
わたしは再びこの島で暮らし始めた

ふたつのプロペラが
この島の上を飛ぶようになったのは
あれから8年経った頃
低く響く音が迫る
年季の入った建物は鳴る

ふたつのプロペラが通り過ぎる時だけ
ミシミシッと鳴る
いくつもいくつも通り過ぎていく
未来が見えないわたしたちの上を

小さな命を守り育てる人
テレビでニュースを伝える人
ライブハウスで喝采の中心にいる人
子どもに学問と平和を教える人
みんな黒こげの壁に見送られた仲間たち

日々に流されながら
毎年8月は来て
今残るのは黒いアカギ
つながり続ける人　もう会えない人
変わるもの　変わらないもの
わたしは今も詩を書いている

雨が降る

平日の昼のゆいレール
乗客のほとんどが外国からの観光客
新しい街には全国チェーンの店が並ぶ

テレビからは地名を語るCM
ラジオからは自分の苗字を名乗る声
どちらも本来のものとは違った妙なアクセントで

会議室にウチナーンチュはひとり
浮かれた島のイメージで
地元の人の心に響くのか
やりきれなくなり窓の外に目をやる
強く反論するための知識の少なさに苛立ちながら

窓ガラスにはいくつもの水滴
傘の花が咲く
月桃は濡れる
木々の緑は濃さを増す
変わっていくものも
変わらないものも
鮮やかにする
叩きつける雨の音は大きくなり
ガラスを伝って流れる流れる
歪んで見える窓の外

6月、島全体が祈りに包まれる頃
梅雨は明けると言われている
強い日差しの下、止むことのない雨が降る

戦の残骸の上で

週末の新聞の隅
土の中から出た戦の残骸
処理のために避難を呼びかける
学校や公民館へ
毎週のように
この島のどこかで

石川で用事があるのだが
今日は仲泊で処理だという
いつも通るのは５８だけど
今日は３３０から行こう

観光客は考える

ちんすこうやストラップもいいけれど
あっと驚くおみやげが欲しい
何だ？　あの鉄の塊
リュックに入れて持ち帰ろう

ちょっと待ってお兄さん
あなたが背負っているのは戦の残骸
今そこにあるのは
六六年前に降って来たもの
この島の地中に眠るたくさんの
その上で私たちは生きている
終わらない戦の上で生きている

あの町に

心が痛む
言葉にならない

あの町のことは親しく思っている
初めて飛行機に乗って訪れた町

お城にいたおじさんが
「どこから来たの?」と聞く
「沖縄から」と答えると
「あんな遠くから」と目を丸くした

あの町には
家族のような人たちがいる

一緒に行ったあのお店
一緒に行った広い棚田

たくさんのものをくれたあの町に
何ができるだろう

あの町に
優しい唄を
力強い手を

ただ、平安が与えられることを
切に祈るのだ

愛に包まれる

Ⅰ　愛に包まれる

誰にも愛されないと
膝を抱える夜がある
だけど本当は探している
人間の愛とは違う
いつも変わらない大きな愛を

きれいごとばかりじゃ済まされない世の中
悲しいニュースがあって
わたしの中にも醜い気持ちがあって
見えないものを信じる難しさ

あらゆる誘惑と闘い
祈り　求める
祈り　感謝する
慌ただしい日常の中、立ち止まり
大きな愛を感じる

Ⅱ　与えられる

わたしは弱い
困ったことがあると思い悩む
自力で解決しようともがく
誰に相談すればいいか考える
大切なことを忘れていないか？
まず祈ろう
知恵が与えられるはずだから
道が指し示されるはずだから

わたしは弱い
明日のことで思い悩む
悩む間に時計の針は進む
熱かったはずの紅茶は冷えきってしまう
ふと目にとまった聖書の言葉

「明日のことは明日自身が思い煩うだろう
その日の苦労はその日一日で充分である」

心が何だか軽くなる
与えられた言葉に感謝する
そして熱い紅茶を淹れ直す

Ⅲ　祈られている

「あなたのことを祈っています」
誰かがその一日の中で

わたしのことを思い出し
祈ってくれているという真実
わたしは祈られている
それだけで心強い
あなたも祈られている
何と心強いことだろう

プレゼントをもらった時
プレゼントそのものも嬉しいけれど
わたしのために何がいいか考え
お店に足を運んでくれたことの方が嬉しいように

祈られているというプレゼント
受け取ろう
祈られて与えられる大きな愛
受け取ろう

Ⅳ　時がある

ものごとには時がある
道を開くのも閉ざすのも神様の計画

あきらめてしまいたくなるほどの
長い時を経て叶う祈りがある
それは願ったよりも大きく叶えられる
わたしたちの考えを超える
もっと素晴らしいことが用意されている

人間には予想のつかない
神の導き
驚くばかりの
神の恵み

Ⅴ　賛美しよう

わたしは弱い
ひとりの歌声は弱い
だから声を合わせよう
みんなの宝物を持ち寄ろう

賛美しよう
自分のためじゃなく
感謝をささげるために

賛美しよう
与えられた愛を知らせるために

種をまこう
みんなの心に
いつか芽を出し実を結ぶその日のために

あとがき

ウチナーグチで「ありんくりん」とは「あれもこれも」という意味です。二〇〇九年～二〇一八年の詩を集めて、並べてみて、『ありんくりん』な10年だったな」と思うのです。

前作に引き続き、編集を担当して下さった新城和博さん、表紙と扉の写真を撮って下さったタイラジュンさん、装丁を担当して下さった宜寿次美智さん、帯文を書いて下さった又吉栄喜さん、いつも支えて下さるみなさまに感謝申し上げます。

二〇一九年四月　トーマ・ヒロコ

初出一覧

Ⅰ

パスタを巻く（２０１５）　詩誌『１９９９』10号
白いマグカップ（２００９）　詩誌『１９９９』８号
月曜の地下鉄を（２０１５）　季刊詩誌『あすら』第43号
香るよ（２０１６）　當間詠舟×トーマ・ヒロコ親子展「書と詩（ことば）展」（rat & sheep）にて展示　２０１７年１月16日～２月４日
一日の終わりに（２０１２）　詩誌『１９９９』９号
運命のいたずら（２０１２）　沖縄女性詩人アンソロジー『あやはべる』10号
応援歌（２０１１）　琉球新報文化面「琉球詩壇」２０１１年３月５日
ラジオが届けてくれる（２０１６）　當間詠舟×トーマ・ヒロコ親子展「書と詩展」（rat & sheep）にて展示　２０１７年１月16日～２月４日
シーサー先生（２０１７）　未発表
あなたが繋ぐ（２０１２）　詩誌『１９９９』９号
立ち止まる（２０１０）　浦添ナザレン教会50周年記念誌「あゆみ」
だれにでもある救い（２０１７）　嵯峨ナザレン教会特別礼拝にて朗読　２０１７年12月３日

Ⅱ

季節は変わる（２０１６）　琉球新報文化面「琉球詩壇」２０１６年５月７日

ツーウィーク（２０１６） Evergreen Flavors presents「Fish & Chips」（バンターハウス）にて朗読　２０１６年２月13日

高架橋（２０１２） 詩誌『１９９９』９号

人ごみの中を（２０１４） 松原敏夫個人詩誌『アブ』第15号

やんわり断る（２０１６） 沖縄詩人アンソロジー『潮境』第１号

できないふり美人（２０１５） 季刊詩誌『あすら』第39号

似合わない服を着る（２０１７） 琉球新報文化面「琉球詩壇」２０１７年７月８日

お隣さん（２０１７） 季刊詩誌『あすら』第51号

熱いさんぴん茶（２０１８） 琉球新報文化面「琉球詩壇」２０１８年６月９日

光ある日々へ（２０１７） Vectis presents「ワーシップコンサートVol.2 HOPE」（てだこホール小ホール）にて朗読　２０１７年４月29日

Ⅲ

わたしたちの10年（２０１４） 琉球新報文化面「風化越える詩語　沖国大ヘリ墜落10年　４」２０１４年８月14日

雨が降る（２０１６） 東京新聞・中日新聞夕刊文化面「詩歌への招待」２０１６年６月25日

戦の残骸の上で（２０１１） 沖縄タイムス文化面（「戦の破片の上で」改題） ２０１１年８月23日

あの町に（２０１６） 未発表

愛に包まれる（２０１５）Vectis presents「ワーシップコンサートVol.1 LOVE」（てだこホール小ホール）にて朗読　２０１５年２月11日

トーマ・ヒロコ

1982年沖縄県浦添市生まれ。
沖縄国際大学総合文化学部日本文化学科卒業。
詩集『ひとりカレンダー』で第32回山之口貘賞受賞。
他に詩集『ラジオをつけない日』、エッセイ集『裏通りを闊歩』がある。
うらそえYA文芸賞、神のバトン賞選考委員。
詩やコラムの執筆のほか、ポエトリーリーディングに取り組んでいる。

Hiroko Toma Official Website
https://mumirock1.wixsite.com/hiroko-toma
ブログ「文化系★ふつうのおきなわ」https://tokyogirlfr.ti-da.net/
Twitter @hirokotoma
Instagram @hirokotoma

詩集　パスタを巻く

２０１９年６月23日　初版第一刷発行

著　者　トーマ・ヒロコ
発行者　池宮紀子
発行所　㈲ボーダーインク
沖縄県那覇市与儀２２６―３
http://www.borderink.com
tel 098-835-2777　fax 098-835-2840
印刷所　でいご印刷

ISBN978-4-89982-367-4 printed in OKINAWA Japan